당신을 열어 보았다

실천문학 시인선 051

당신을 열어 보았다

진영대 시집

실천문학사

제1부

제2부

제3부

제4부

제1부

모래 무덤

막냇동생은 열 살에 죽었다
아버지가 업고 가서 강기슭에 묻어 놓고
고운 모래를
무덤 위에 골고루 얹어 주었다

민물조개들이
제 몸을 끌고 지나온 자국,
강물 속까지 길게 이어져 있었다

모래를 한 삽 떠서
시퍼런 강물에 흘려보내면
죽은 조개껍질이 빈 배처럼 떠내려갔다

아버지와 함께
삽을 끌고 집으로 가는 길
도마뱀이 꼬리를 끌고 다닌
흔적이 길게 이어져 있었다

썰물

물 나가면
제 몸뚱어리를 숨기느라
분주한 게들

뻘밭에 빠진 발목
제 힘으로는 빼낼 수 없어
발자국을 집까지 끌고 왔다

방안으로
발자국을 들일 수는 없는 일
몸은 숨겨야겠기에
집게발 하나 문 앞에 끊어놓고
문을 닫고 들어앉았다

신발 한 짝
물 나갈 때, 둥둥 떠갔다

매화꽃

못 보던 개 한 마리 드나들며 철망을 사이에 두고 얼마나 물고 빠는지, 나무막대기를 집어 던지면 문밖에 숨어 있다가 다시 와서 어슬렁거렸다 발톱에 피가 나도록 철망을 긁어대더니 어느 날부턴가 보이지 않았다 철망에 묻은 피를 핥고 있는 백구, 안됐다 싶어 목줄을 느슨하게 묶어 매실나무에 매어놓았다 낑낑대서 나가보니 목줄이 나무 밑동에 칭칭 감겨 있었다 얼마나 문질러댔는지 나무 밑동이 반질반질했다 목줄을 잡아당기자 힘없이 빠져나왔다

매화꽃 막 피고 있었다

풍장風葬

빨랫줄에 걸어놓은 무청 시래기
얼었다 녹기를 거듭했다
우수경칩 지나도
걷어가는 사람 아무도 없었다

할머니는 요양원으로 죽으러 갔다 까무러칠 때마다 한걸음에 달려왔던 자식들, 할머니가 눈을 뜨자 다시 돌아가고

이젠 까무러칠 힘도 남지 않았다

줄기만 남은 무청 시래기,

웬만한 추위에는 얼지않았다
얼어붙을 물기도 남지 않았다
이슬이 사라지기 전에
추슬러 끈으로 묶어두지 않으면
바스락, 부스러질 것이다

바람도 걷어가지 않는,

올무

마당개는 종일, 지붕을 올려다본다
처마 끝 쇠줄에 매달린 물고기,
그 올무 끊어달라고 몸부림칠때마다
컹컹 짖어댄다

똥을 누면서도 그새
물고기가 풍경 줄을 끊고 도망갈까 봐
힘 한번 맘껏 주지 못한다

자유를 달라고
쇠 종을 들이받는 물고기
언제 도망갈지 몰라
종일 지붕을 올려다보는 마당개

물고기를 향해 뛰어오를 때
그 힘으로
땡감 하나 툭, 바닥으로 떨어지고

제 목줄에 조여

짖어봐야 아무도 듣지 못한다

오동나무

천사 마트 주차장, 오동나무는 천안천수다 나뭇가지마다 꽃등을 켜고, 무병 무탈하시라고 백일치성을 드린다 그것도 부족해서 꽃등 불이 꺼진 후에도 엄동설한에 천 개의 손, 천 개의 나뭇가지마다 칠금령七金鈴인 듯 방울을 흔들고 있다

밑도 끝도 없는 축원 그칠 줄 모른다

부실공사

가을일이나 끝내고 보자더니, 면에서 사람이 나와 서둘러 깔아놓은 시멘트 포장길

해를 넘기고 봄이 되자 포장길에 금이 갔다 그 틈에다 민들레가 노란 꽃을 피웠다

민들레는 할 말이 있어
실톱을 디밀어 그 틈을 벌려놓고
꽃대를 올렸을 것이다

무슨 말인지 들어나 보려고
그 옆에 쪼그려 앉으니
노란 민들레꽃,
고개를 절레절레 흔든다

놓지 마

벼랑에 매달린 단풍나무
바위틈에다 뿌리를 꼭꼭 들이밀고
꼭 잡아, 놓지 마!
나뭇가지 하나 길게 뻗어
안간힘을 쓴다

두레박 우물에 거꾸로 처박힌
아홉 살,

놓지 마, 놓지 마!
물속에 빠진 고무신
발돋움하면 닿을 것 같았다

우화 등천羽化登天

매미의 성충, 나무를 기어오르다가 제 등짝 찢어지는 소리에 움찔, 놀라 한 발짝도 더는 오르지 못한다

바람도 불지 않았는데
나무 이파리 부르르 떨고 있다

당신을 열어 보았다

특별히 추릴만한 뼛조각 하나 남은 게 없었다 고이 누웠던 자리, 모락모락 김이 올라왔다

뼛조각 몇 개 주섬주섬 짝을 맞춰 뒷간이라도 다니러 가신 듯, 신발 끄는 소리가 금방 들릴 것 같았다

거뭇거뭇한 흙을 정성껏 긁어모아 문종이를 펴고 한 줌씩 올려놓았다 생전의 모습대로 머리부터 발끝까지 고르게 펼쳐 놓고 봐도 어머니를 닮지 않았다

어딘가 마실이라도 가셨다가 황급히 돌아와 다시, 고이 누우실 것 같았다

일몰

무명베 한 필 끊어 허리춤에 질끈 동여매고 신장대 떨 듯 부르르 떠는 미루나무 이파리, 강물에 빠진 해를 건져 모랫바닥에 꺼내놓고 문종이로 한 겹, 베 보자기로 다시 한 겹, 겹겹이 싸 미루나무 허리춤에서 무명베를 풀어 누가 그 끝을 잡아당기는 것인가

무명베 한 필 더 끊어다가 십 리 강둑길에 깔아놓고, 그 길로 저쪽 세상의 누가 와서 물에 빠진 해를 건져 가는 것인가

강둑길 십 리 밖에서 누가 그 끝을 잡아당기는 것인가

물푸레나무 코뚜레

기둥에 걸어놓은 코뚜레
붉은 얼룩이 묻어 있다

어미는 남겨 줄 것이 제 힘줄보다 질긴 물푸레나무 코뚜레 그것뿐이어서 어린것 코에 가시랭이가 박히지 말라고 콧등을 날마다 문질러대었을 것이다

밤새 흘린 핏물이 물푸레나무 속심까지 속속들이 스며들고, 어미는 잠든 송아지를 핥아주며 핏물도 함께 삼켰을 것이다

외양간 기둥에 걸린 코뚜레
둥글게 휘어져 펴지지 않았다

철거민

삽질 소리
계속 들린다

돌을 찍고 부러진 삽날
어딘가에 박힌다

나무 밑에 숨어 살던 먹구렁이
삽날에 찍혀
모가지, 내 모가지!

어떻게든 살아보겠다고

제 몸뚱어리를
제 꼬리로 칭칭 감는다

수구초심首丘初心

배추밭 고랑에 무덤이 하나 생겼다

총을 맞은 고라니, 그 경황에도 죽기 살기로 배추밭으로 와서 죽었다 흐르는 핏물은 멈추지 않고 배추밭까지 핏자국을 찍어 놓았다

밤새 눈이 내렸다

고라니가 걸어온 길, 핏자국은 지워졌지만 봉분을 올리고 뗏장 한 장 열어놓은 듯 고라니의 눈꺼풀은 덮어주지 못했다

배추밭 고랑에서 죽은 고라니
어딘가를 응시하고 있었다

동안거

거실 벽에 파리 한 마리
동안거하는 중이다
정월 대보름이 지나도
면벽 정진 여념없다

그럼 그렇지
저 돌중, 또 자빠져 자는구나
파리채를 죽비처럼 내리치는데,

없다
아무것도
파리고 돌중이고
벽에 박힌 못대가리뿐

애먼
파리채만 구멍이 났다

제2부

억새꽃

저세상을 가신 아버지,

다시 돌아오실 때

멀리서도 잘 보이라고

바지랑대 끝에

하얀 옷,

걸어 놓았다

목발

먼 눈길을
걸어왔다

눈길에 찍어 놓은
고라니 발자국 같은

목발 자국

소나기

창밖의 빗줄기가 쇠창살 같다

감방에서 누군가의
면회를 기다리고 있는 것 같다

제 사내를 찾아 저 있던 세상에서 내려와 집집마다 창문을 두드리고 다니는

그 여자를,

한 십 년쯤
기다리고 있었던 것 같다

목련꽃 차

꽃이 피었다

노란 꽃술 주변에 붉은 핏자국이 번지고 있다

꽃 몽우리 일일이 펴서
제 몸속
다 보여주고 있다

접어둔 연애편지를 오랜만에 펴보았다

지렁이가 우는 밤

입구가 하나뿐인 지렁이 구멍을 발자국으로 덮어놓았다
진흙에다 꾹 눌러 찍어놓은
빗살무늬 발자국, 켜켜이 쌓아 놓은 기왓장을 닮았다

잘 구워진 기왓장
한번 덮어 두면 백 년은 간다

울어 봤자 소용없다
밤새워 울어봤자

백 년을 기다려도
꺼내줄 사람 아무도 없다

너밖에 없다

아버지

모래톱으로 밀려 나온
소라껍데기,

속에 남은 바닷물을 바닥에 쏟아붓고 모래를 가득 채워 놓았다

더는 밀려나지 않으려고 귓속까지 꽉꽉 채워,

흔들어도

파도 소리 들리지 않는다

금가락지

살아 소원이었던 이사를 죽어서 하신 어머니

봉분을 열어보니, 녹슨 금가락지 하나 쏙 빼놓고 보이지 않았다 푸른 녹을 면장갑으로 쓱쓱 닦아 내었다

이제 다 됐다, 손을 툭툭 털면서
가지고 갈 게 더 없나

무덤 속을 자꾸 둘러보았다

꼬리

종일, 허공을 맴돌았을 잠자리가 제 몸 하나 의탁하려고 갈댓잎 위에 앉는다

갈댓잎은 칼을 닮았다 훅하고 불면 가볍게 날아갈 것 같은 잠자리의 무게에도 휘청, 한다

아무리 휘둘러대도
누군가를 끝까지 책임져 줄 수 없다

겹겹이 눈 부릅뜨고
날개를 접지 못하는 잠자리

풀잎에 지나지 않는 갈댓잎을 악착같이 움켜쥐고 있다 자다가 깨서, 내 꼬리 어디 갔지? 둘둘 말아 감아두었던 꼬리를 펴보고 있다

누수

다음의 첫 생애가 얼마나 두려웠으면, 밤새 양철 지붕을 그렇게도 요란하게 두드렸을까

저 있던 세상에서 무작정 뛰어내리는 순간이 얼마나 무서웠으면 골 함석 처마 끝에 매달려 손을 놓지 못하고 울먹울먹,

벽을 타고 내려와
방안까지 스며든 것일까

다문화 가족

고욤나무는 감나무의 대리모였다

동남아 어디에서 시집와
주렁주렁 아이를 낳고 살았다

꼭지가 떨어진 홍시 하나

땅바닥에 철퍼덕 주저앉아
젖을 물려주고 있었다

감 씨를 쪼개보면
숟가락 하나씩 물고 있다

봄날 다시 고욤으로 태어날 때
밥 굶지 말라고
작고 하얀 숟가락 하나
입에 물려준 것이다

상아嫦娥

겨드랑이 연한 살에 진흙을 묻히며
어딘가를 가는 두꺼비, 마당 끝을 다 건너가려면 삼일 밤낮은 걸리겠다

칠갑산 까치내 개울가 함석집에다 아이 셋 낳고 집을 나온 셋째 누나, 십 년을 올라가도 일곱 갑산 고개를 넘지 못하고 아이 하나 더 낳았다

보름달은 겨우
고개 하나를 넘어가고 있었고,

넝쿨, 탯줄

밭에다 심어놓은 호박 넝쿨

맨땅에다 몸을 풀기도 그렇고해서, 밭고랑 몇 개 건너와 밭둑의 매실나무를 기어오른다 우듬지까지 기어 올라가 죽어라 꽃피우고 가느다란 나뭇가지 사이 열매를 매달아 놓았다

누가 볼까
열두 폭 잎으로 덮어놓았다
주먹만한 호박 덩어리,
손닿을 곳까지 늘어져
넝쿨을 끌어 내리고 있었다

오작동

사무실 문을 여는데

무인 감지기가 불을 켜고 난리를 친다

저 죽일 놈,

두개골을 열고 두어 바퀴 나사를 돌려놓을까 하다가 급한 대로 소리부터 멈추려고 이것저것 눌러본다

도둑 아닌 사람은 없다고 하지만

그동안 모르는 척 눈 감아 주느라고 얼마나 속이 탔는지

아무리 눌러도 꺼지지 않았다

결투

담장 밑에 바짝 붙어 끝장을 보자는 맨드라미, 내어 줄 것이 팔월 뜨거운 땡볕뿐이라 그만하자, 그만하자 하는데도 분이 풀리지 않는지 붉은 볏을 곧추세운다

그거라도 걸고 한판 붙어볼까 하고
담장 옆을 지나가며
어깨 한번 툭 치자 기다렸다는 듯이
까만 꽃씨를 쏟아 놓았다

울음 동냥

한겨울에도 우는 귀뚜라미가 있었다

연기가 수직으로 피어오를 동안 연통 주변의 눈은 내리는 족족 녹았다 불기운이 식으면 연통을 통과하지 못한 연기는 연통 속을 막아 놓았다 귀뚜라미보일러는 숨이 막혀 죽을 듯이 울었다

사람의 온기는 방바닥보다 빠르게 식었다
눈은 내리는 족족 지붕 위에 쌓였다

밤을 새워 울음 동냥 해주려고
귀뚜라미가 울었다

제3부

배경

프로필에 쓰겠다고 출판사에서 사진 한 장 보내 달라는데 변변한 독사진 한 장이 없었다 어디 갔다 왔다고 생색은 내야겠기에 성지순례 가서 찍은 단체 사진 속에서 한 사람, 한 사람 지워 나갔다 목사님을 지우고, 그 옆의 장로님, 권사님, 집사님을 지워나갔다 하나님도 이렇게 나를 지우고 계실 테지 생각하니, 나 하나 들어내면 될 것을…… 뒷줄에 쐐기처럼 박혀 있어서 나 하나만 쏙 빼내면 아무도 몰라볼 것을…… 까마득해서 잘 보이지도 않는 대성당, 그게 무슨 뒷배라고 한 사람, 한 사람 지워 가고 있었다

꽃잎 마스크
—코로나-19

역병이 돌았다는 소문을 마을에 내려와서 들었다 목련 나무가 제 꽃잎을 하나 떼어 주었다 하얀 꽃잎마스크 얻어 쓰고 산으로 다시 올라와 일일이 소문을 전해주었다 수선화에게 전해주었다 영산홍에게 패랭이꽃과 제비꽃에게…… 키 작은 꽃부터 키가 큰 꽃까지 일일이 찾아다니며 세상 소식을 전해주었다

듬성듬성 거리를 두고 살자
그렇게 일러두어도
죽기 살기로 다복하게 모여서
꽃이 피었다

십자가

조치원 성결교회 예배당으로 올라가는 서른세 개의 돌계단. 예수님이 요절하셨기에 그만큼이지 백 살까지 사셨으면 백 개의 돌계단 위에 예배당이 지어졌을 것이다

그랬다면 그 많은 계단을 어찌 다 올라갈 수 있었을까? 생각하다 지붕 꼭대기를 올려다보았다 어느 죄인이 저 높고 위험한 곳까지 지고 올라가 꾸욱 박아놓았을 철제 십자가, 그 위에 비둘기 한 마리 앉아 있었다 계단도 끊어진 다음의 하늘까지 옮겨 놓으려는 듯 십자가를 움켜쥐고 애를 쓰고 있었다 아무래도 제힘으로는 안 되겠는지 구구구, 누군가를 부르고 있었다. 눈을 마주치면 철제 십자가 쑥 뽑아서 어깨에 메어 줄 것 같아 고개를 숙이고 남은 돌계단을 올라갔다

기도가 끝나도
오랫동안 고개를 들지 못했다

눈 내린 후

아파트 베란다에서 내려다보면 지붕이 낮은 집들이 웅크리고 앉아 있는 짐승을 닮았다

아파트는 높이만큼 그늘도 깊어 지붕에 쌓인 눈이 다른 집보다 한나절은 늦게 녹았다 고드름이 한 뼘씩은 더 크게 자랐다

지붕에 쌓인 눈 듬성듬성 녹으면 털 빠진 늙은 짐승 같았다 숨겨 둔 이빨이 한 뼘씩은 돼서 하늘 한귀퉁이를 크게 한 입 베어 물면 눈이 녹을 때까지 놓아주지 않았다

고드름이 다 녹을 때를 기다렸다가 봄이 왔다

층간 소음

무엇인가 둔탁한 것이 넘어지고 깨지는 소리가 들렸다 어린것들 재워 놓고 저것들 솜털이 날 때까지라도 어떻게 좀 해달라고 들쥐 가족은 천장을 박박 긁어 대고 있었다

엄동설한에 내보내기도 그래서 타협을 보려고 빗자루를 거꾸로 들고 쿵쿵 천장을 처댔던 것인데 쥐구멍을 막아놓았던 양말 뭉치가 툭, 하고 떨어졌다 어둠 속에서 반짝, 눈빛이 마주치던 그때의 서늘함……

엘리베이터 문이 열리고 아래층 사람과 눈빛이 마주쳤다 아파트로 이사와서 처음으로 인사를 나누던 순간이 그러했다 양말 뭉치 툭, 하고 떨어진 듯,

알

포도 한 상자 드렸더니 달걀 한 판 담아오셨다 서울 사는 아들이 추석에 사 온, 먹다 남은 달걀판에다 토종닭 알을 빈 자리에다 채워 오셨다 알 자리 다 채우려고 송암 할머니,얼마나 오랫동안 품고 계셨던지 작고 못 생긴 알, 똥 묻은 알

따듯했다

길

구도로의 이정표에
납탄이 무수히 박혀 있었다
반쯤 기울어진 이정표,
페인트가 군데군데 벗겨져
어디로 가는 길인지 알 수 없었다
새 한 마리가
얼마나 오랫동안 앉아 있었던지
겹겹이 새똥이 쌓여 있었다
길을 잃고 망설이는 동안
납탄은 무수히 날아왔으리라

구도로의 기울어진 이정표,
화살표가 하늘을 가리키고 있었다

소꿉놀이 터

밥 짓다 말고 어디 갔나

사금파리 조각에 햇볕 가득 담아놓고
제비꽃 듬뿍 넣어 꽃 국 한솥 올려놓고

다들 어디 갔나

바람은 먼 데서부터 가랑잎 한 짐 굴려다 놓고 집 안팎 휘둘러보더니
다들 어디 갔나

없는 살림에 그냥 가기가 그랬는지
바람은 집 안팎을 휘둘러보고 나서
가랑잎 한 줌 아궁이에 집어넣고
불땀을 키우고,

세 사는 동안

PVC 파이프가 길까지 삐져나왔다

철물점 안쪽 벽에다 바짝 붙여 쌓아 놓아도 가게 안쪽은 150㎜파이프 보다 좁아 밖으로 삐져나오는 것 어쩔 수 없었다

벽에 막혀 흘러가지 못하고 역류한 구정물이 곧, 쏟아져 나올 것 같았다 그래도 한번 확인은 해 봐야겠기에 그 속을 들여다보는데

알 하나 낳아줄까?

알 하나 낳아줄까?

암컷 곤줄박이가 머리를 내놓고 눈을 끔뻑, 했다

이 산 저 산 꽃 피었다

가느다란 나뭇가지를 치켜들고 있었다 누워 있는 짐승의 갈기를 잡고 땅바닥에 박힌 뿔을 일으켜 세우고 있었다

십 년 묵은 복숭아나무, 나뭇가지를 동쪽에서 서쪽으로 힘껏 내리쳤다 앞산을 일으켜 세우고 그 등에 올라타 산등성이 몇 개 넘어갔다 오면 동쪽으로 치켜든 나뭇가지에 꽃이 피었다

십 년 묵더니 도깨비가 다 되어 꽃으로도 이 산 저 산 부릴 줄 알았다 동쪽에서 서쪽으로 내리치면,

이 산에서 저 산까지 꽃이 피었다

세 근
—마삼근*

미루고 미루다가 12월 막달에 건강 검진을 받으러 갔습니
다 아침밥을 굶은 데다 한파주의보라 겹겹이 껴입고 몸무게
를 재려니 안 그래도 오래오래 연금을 타 먹으려면 운동 좀
하라고 성화인 아내에게 한마디 들을 것이 걱정이었지요

겹겹이 입은 옷을 모두 벗어 의자 위에 올려놓으면 무게
가 족히 세 근斤은 되겠습니다 모자를 벗어 그 위에 올려놓
으니 영락없이 중노인 앉아 있는 듯, 옷을 벗어놓고 오들오
들 떨고 있는데

무엇이 그리 좋은지 웃고 있는 중노인
벗어 놓은 옷이 족히 세 근은 되겠습니다

---

* 마삼근(麻三斤) : 동산수초(洞山守初) 선사가 남긴 화두로 한 학인이 동산 선사에게 "부처가 무엇입니까?" 하고 묻자 "삼이 서 근"이라고 말했다고 합니다. 『벽암록』 12칙, 동산의 '마삼근(麻三斤)'에서 빌렸습니다.

꽃이 피는 중이었다

주머니에 넣어 두었던 꽃씨
세탁기 속에서 한통속이 되었다

뾰족하고 까만 꽃씨,
내복 솔기마다 들어박혀
일일이 뽑아낼 수 없었다

세상일이 다 그렇지만, 그렇다고
속을 뒤집어 내보일 수도 없는 노릇

아무리 털어 내도
자꾸, 가슴을 찌르는 것이 있었다
솟아오르는 것이 있었다

꽃이 피는 중이었다

일출, 호미곶 상생의 손

도망간 제 여자를 데려오겠다고 천길 바다, 물속까지 따라 들어간 청동의 손을 가진 사내가 불덩어리를 바닷속에서 건져 올려 물 밖으로 손을 내밀고 있다

그 불덩어리 다시
수면 위에 올려놓자

사내가 따라붙지 못할 중천까지 떠올라, 손 안 닿을 곳까지 올라가

잘 벼린 황금 칼 하나 던져주며 묻는다. 이거면 되겠습니까 죽은 듯이 천길 바닷속 바위가 되시면 아니 되겠습니까

중천에 떠오른 해를 기어이 따라붙으려는 가엾은 사내

그 칼, 움켜쥐지 못하고 바다 위에 내려놓는다 황금칼, 서서히 바닷속으로 가라앉는다

집

비둘기가 죽었다
발가락을 움켜쥐고 죽었다
죽어서도 발가락은 펴지 않았다

깃털은 바람에 흔들리고 있었고, 그 속에서웅성거리는 소리 들렸다 갈비뼈 사이를 둥글게 파내고 파리 떼가 알을 슬어 놓은 것이다

자자손손 번성하여라!

일가를 이루고 있었다 비둘기는 남은 깃털로, 부드럽고 따듯한 지붕을 만들어주었다 발가락에 온 힘을 모아 강아지풀을 움켜쥐고 있었다

낮달

중천에 박아 놓은
두툼한 조선낫 하나

낮달을
낫달이라고 읽는다

집 나간 제 계집을 찾아

잘 벼린 조선낫 하나 둘러메고
천지 사방 떠돌던 사내가

소맛간* 초가지붕에
꽂아두고 간,

---

* 소맛간: '뒷간(-間)'의 충청 방언

제4부

붓꽃

돌잡이 네가 무엇을 알아서 잔칫상의 좋은 것을 다 놔두고 모필 붓을 잡았을까 무슨 대단한 걸 쓰겠다고 꽃물 듬뿍 찍어 일필휘지하려는 것인가 하늘 바탕에 획을 하나 긋는데도 꼬박, 삼일 밤낮이나 걸려서 어느 세월에 바람이 일러주는 말 다 받아 적으려는 것인가

나팔꽃처럼 할 말 하고 살든지 접시꽃이 되어 이집 저집 다니며 햇볕을 얻어먹으면서 살아도 턱없이 부족한 게 세상살이인데,

한 번의 생으로 무슨 대단한 걸 적어놓겠다고 꽃이 피는데 꼬박, 삼일 밤낮을 생각에 잠겨 있는가

이주민 마을

마을이 없어질 때,
나무들도 함께 떠났다
사람만 뿔뿔이 흩어진 게 아니라
나무들도 제각각 살 곳을 찾아 실려 나갔다

나뭇값으로 받은 보상금은
집 사는 데 보태고
버려진 단풍나무는 빈터에 남았다
어쨌든, 나뭇값이라고 받은 건 있어서
옮겨 심을 땅 하나 장만해야 도리이지만
몇 날 며칠 궁리를 해봐도
남은 돈으로는 턱없이 모자랐다
빈터에 남겨 놓은 단풍나무, 나뭇잎마다
별 하나씩 받아들고 전전긍긍했다
세종시 반곡동 이주민 마을
사람만 뿔뿔이 흩어진 게 아니라
별들도 함께 제각각 흩어졌다

싸리꽃

밥 동냥 온 용천배기*를 쫓아다니면서 굵은 모래를 한 줌씩 뿌렸습니다 뿔뿔이 흩어질 모래 속에 짱돌 하나 숨겨 놓았습니다 눈만 남기고 싸맨 광목에 핏물이 배어도 영영 얼굴을 보여주지 않던 용천배기, 보리밭 속으로 숨어 들어가 마을에 나타나지 않았습니다 그렇게 세월이 가는가 싶더니 얼굴을 싸맸던 광목을 풀고 입가에 묻은 핏물까지 깨끗하게 핥아먹고 여수배 고개** 보리밭 가에 싸리꽃 한 무더기 피었습니다

---

* 용천배기 : 문둥이의 방언(충청)
** 여수배 고개 : 세종시 반곡동에 있던 지명

주먹 실타래

댕댕이 반짇고리
주먹 실타래

한 뼘 탯줄을 둘둘 감아
황급히 치마 속에 집어넣고
난리 통에 삼박골*로 피난 간 어머니
남의 집 아랫목에다 낳은 것이
하필 또 딸이라,
발길로 핏덩어리를 윗목에 밀어 두었다
울음소리 들리지 않자 아니다 싶어
탯줄을 다시 끌어당겨
이빨로 끊어 둘둘 말아 놓았던,

댕댕이 반짇고리
명주 실타래

---

* 삼박골 : 세종시 금남면 영대리의 지명

운지법

단소는 뒤쪽 하나, 앞쪽 네 개의 바람구멍이 있다 소리를 낼 때 손가락을 하나씩 열어주면 중.임.무.태.황 가락을 만든다 단소의 운지법, 하루 한나절이면 누구나 다 배울 법해도 손가락 하나 떼는데 십 년은 걸린단다 소리 하나에 십 년이라니! 십 년도 짧더라는 명인의 말 너무 가볍게 들었던 것일까

삼십 년을 살아도 삑, 삑 소리를 내는 아내의 울림통은 아무래도 보이지 않는 곳에 바람구멍 하나 더 있는 것 같다

공갈 젖꼭지

꽃처럼 살아라

장미꽃 하나 따서 쥐어 주면
아홉 달 손녀, 입으로 받았다

먹지 못하고 뱉지도 못해
울먹울먹 품속으로 파고들었다

그래, 그래! 공갈 젖꼭지 다시 물려주며 꽃보다 밥이 먼저지 하면서도,

물려줄게
공갈 젖꼭지밖에 없었다

점 빼고 온 날

아내는 열 개 넘는 점을 빼고 와서, 멋쩍은 듯 목에 두른 머플러를 풀지 않았다 할 말 안 할 말 다 하고 살면서 무엇을 더 가리고 싶었을까 점 뺀 값 팔천 원씩 열다섯 개라고 쓰지 않고, 아내는 가계부 빈칸에 볼펜 똥을 찍었다 볼펜 똥을 찍어놓고서 그 옆에 십이만 원이라고 적었다 아니다 싶었는지 손가락으로 문질러댔다 볼펜똥이 넓게 번져 가계부 빈칸에 얼룩이 졌다 그렇게 많은 점을 나는 왜 모르고 살았을까? 아내는 거울 앞에서 얼굴을 얼마나 문질러보았을까 그때마다 아내의 빈칸에도 얼룩이 번졌을 것이다

검은콩, 흰콩

장모님이 쪼그리고 앉아 콩을 고르고 있었다 둥근 양은 쟁반을 흔들어가며 검은콩, 흰콩 가려내고 있었다 검은콩 하나 골라 냉면 그릇에 담고, 흰콩 하나 집어 들어 작은딸 이름을 불렀다 장모님이 화장실을 가신 틈에 장모님 검은콩을 양은 쟁반에 다시 쏟아 놓았다 아무리 골라내도 쟁반에 쌓인 콩은 줄어들지 않았다 온종일 큰딸, 작은딸 이름만 불렀다

봄

초인종 소리를 듣고 주인보다 먼저 달려가더니 모르는 손님을 방안까지 불쑥 들인다 손님을 들여놓고 현관문도 열어놓은 채 저를 좀 쓰다듬어달라고 꼬리를 흔드는 버들강아지

저 혼자서

이 봄,

다 데리고 온 줄 안다

별 망태기

별 하나 따서 호호 불어 망태기에 담고
별 둘 따서 호호 불어 망태기에 담고

별 셋 따서 망태기에 담고
별 넷 따서 담고
별 담고, 담고……

호호 불어 어머니도 담고,

말

손바닥에 무엇인가 기어갔다 스멀스멀, 모르는 애벌레인 듯 내 손 아니라고 손사래를 치다 아차 싶었다 이 세상 말 아직 배우지 못한 아홉 달 손녀, 제가 왔던 세상의 말로 꼬물꼬물 뭔가를 쓰고 있었다 나는 '사랑해'라고 손녀의 손바닥에 써서 쥐여 주었다 이 세상 말 다 배우면 펴보라고 두 손으로 감싸 주었다

누군가 다녀갔다

거기, 누가 왔어요?

저 꽃을 창가에 좀 놓아주실래요
오늘은 햇볕이 좋은가 봐요
눈이 부시군요

누가 또 왔나 봐요

창문을 좀 열어 주시겠어요
향기가 참 좋군요

거기, 아무도 없어요?

앉은 자리

장식장 위에 올려놓은 늙은 호박
들어보니,
밑동이 썩었다
눈에 잘 보이는 곳은 멀쩡한데
앉은 자리가 거뭇거뭇하다
그 자리에서
호박씨 한 됫박 쏟아놓고
썩어가는 것을 아무도 몰랐다

똥 한 바가지 싸놓고서
아무렇지 않게 웃고 계신 아버지
자리를 옮기면 썩는다고
앉은 자리
손도 못 대게 했다

까치밥

가 본 적 없고
너도나도 모르는 저쪽의 세상
무사히 당도하기는 했을까
갔으면 잘 갔다고
기별이라도 넣어줄 것이지
이도 시원찮은 양반
갈 때
물렁 감이나 몇 개 넣고 가지!
혼잣말을 하는 할머니
첫서리가 내렸어도
감나무엔 손도 대지 않는다

옜다, 다 먹어라
말은 그렇게 해도
훠훠, 대 빗자루를 내둘러가며
감을 지키고 있다

장승

동네 입구에 세워 놓은
소나무 장승

눈부터 썩어
눈두덩이가 움푹 파였다

볼 것
못 볼 것
너무 많이 보았다

길가에 너무 오래
세워 두었다

해설 · 시인의 말

사물의 눈과 사물 주체

진영대의 시세계

이은봉(시인, 대전문학관 관장)

1

진영대의 시는 요즈음 젊은 시인들의 그것과 많이 다르다. 우선 그의 시는 길이가 짧다. 대부분 20행을 넘지 않는다. 이러한 논의는 무엇보다 그의 시가 부연 및 나열의 어법보다는 응축 및 압축의 어법을 중심으로 하고 있다는 뜻이 된다. 해사체(解辭體)보다는 통사체(統辭體)의 어법이 중심을 이루는 것이 그의 시라는 것이다. 이는 서정시 본연의 자세를 잃지 않으며 통일된 정서를 투사하는 것이 그의 시라는 것이기도 하다.

이처럼 그의 시는 미몽의 의식을 불투명하게 진술하는 청춘의 미숙성과는 거리가 멀다. 이러한 특성은 간혹 그의 시를 현대성과는 먼 것으로 받아들이게도 한다. 그의 시를 첨

단의 정신이 만드는 막연한 의식과는 거리가 먼 것으로 이해하게도 한다는 뜻이다. 하지만 첨단성이라는 이름으로 불리는 불투명성은 당대 현실이 이루는 정신 상황을 명확하게 인식하지 못하는 데서 비롯되는 무의식한 고뇌일 수도 있다.

이와 관련해 기억해야 할 것은 이때의 무의식한 고뇌가 대체로 청춘의 미숙성과 함께하는 자아 과잉과 무관하지 않다는 점이다. 사람살이의 경험이 적고 당대의 역사를 제대로 이해하지 못하는 젊은 시인들이 항용 드러내는 추상을 시라는 이름으로 명명해온 경우는 허다하다. 그렇다. 미처 근대적 주체로 형성되지 못한 젊은 시인들이 자기함몰에 사로잡힌 채 강화해온 관념을 시라고 이름 붙여온 예를 찾기는 어렵지 않다.

물론 지금 미몽의 의식을 시의 전면에 내세우는 젊은 시인들의 정직한 불투명성을 폄훼하거나 탓하는 것은 아니다. '현대시'라는 것이 본래 점차 주체를 자각해가는 당대의 젊은 시인들에 의해 어렵게 호명되는 특징을 갖고 있기 때문이다. 따라서 젊은 시인들의 강화된 개인의식과, 그에 따른 미숙성과 함께하는 개적이고 주관적인 의식을 담아내고 있는 시를 아주 도외시하기는 어렵다. 현대성이 자아의 발견 및 실현과 함께하는 개인의식의 성장과 무관하지 않다는 점을 간과해서는 안 된다.

그러한 연유에서 보통의 근대적 주체는 객체가 저 자신에 의해 명명되지 않을 때 현현되지 않는다고 생각한다. 대개의 근대적 주체에게는 객체의 이름을 명확한 언어로 불러주었을 때 그것은 주체에게로 와서 존재로 현현된다는 것이다. 이처럼 강화된 개인의식을 갖는 것이 근대적 주체, 곧 젊은 시인이지만 이들은 또한 명확한 주체의식 및 세계의식을 갖지 못하기도 한다.

엄밀한 차원에서는 나도, 세계도 존재하지 않기 마련이다. 일찍이 랭보는 '나는 타자다'라고 말했거니와, 본디 '나'는 남이면서 나이고, 객체이면서 주체이기 마련이다. 나나 남이, 주체나 객체가 관계 속의 존재라는 점을 생각하면 이들 각각이 그 자체로 따로 존재하기는 어려울 수밖에 없다. 이는 부처님이 『아함경』에서 일찍이 무자기(無自己), 무자성(無自性)을 강조하고 있는 것만 보더라도 확인이 된다. 선불교에서 불이(不二)를, 일즉다(一卽多)를, 공즉시색(空卽是色)을 강조하고 있는 것도 이를 잘 증명해준다. 모든 존재는 관계에 의해, 관계를 통해 현현될 수밖에 없다는 것을 잊어서는 안 된다.

모든 존재가 주체와 객체의 관계에 의해, 관계를 통해 현현된다는 것을 깨닫게 되면 누구라도 이내 '나는 너다', '나는 남이다'라는 명제에 이르게 된다. 랭보에 따르면 이는 곧 '나는 타자다'라는 격언이 되지만 말이다. 이를 두고 수운 최제우 선생은 오심즉여심(吾心卽汝心)이라고 했거니와, 이는 결국 주객일체(主客一體), 물심일여(物心一如)와도 다르지 않다.

이러한 정도의 정신경지에 이르게 되면 마땅히 미숙한 근대적 주체가 갖는 정직한 불투명성을 훌쩍 떠날 수밖에 없다. 물론 이는 진영대의 시가 보여주는 정신차원의 경우에도 마찬가지이다. 그의 시에 드러나 있는 정신 차원의 경우 미숙한 청춘의 관념성과는 전혀 관계가 없기 때문이다. 과잉된 자아를 넉넉히 극복한 뒤 이르게 되는 사사물물(事事物物)의 구체성, 곧 존재의 투명성과 함께하고 있는 것이 그의 시라는 것이다.

따라서 진영대의 시에는 미숙한 근대적 주체가 지니는 막연한 관념이 자리해 있을 틈이 없다. 나보다는 남, 주체보다는 객체가 중심을 이루고 있는 것이 그의 시라는 것을 주목하지 않으면 안 된다. 이는 무엇보다 낱낱의 그의 시가 사물주체의 시각으로 전개되고 있는 것을 통해서도 잘 알 수 있다. 바로 그러한 점에서 진영대의 시는 탈근대적이거니와, 이는 곧 그가 시를 통해 근대 밖의 주체와 객체에 대한 새로운 모색을 시도하고 있다는 뜻이 되기도 한다. 물론 이는 성숙한 자아가 애기애타(愛己愛他)의 자세, 곧 오심즉여심의 자세로 세상을 살지 않고서는 불가능하다.

2

새로운 눈으로 근대의 밖의 주체와 객체에 대한 모색을 시도하고 있다고 하더라도 시인 진영대의 모든 시가 주체의 시각을 벗어나 존재하는 것은 아니다. 물론 이는 그가 아직 완벽하게 사사물물(事事物物)의 시각으로 세상을 인식하고 있지는 못하다는 것을 반증한다. 서술 주체의 진술이나 행위가 표면에 드러나 있는 예가 아주 없지는 않은 것이 그의 시라는 뜻이다. 물론 이러한 논의가 그가 주관적인 사유나 인식을 직접적으로 고백하는 시를 전혀 쓰고 있지 않다는 뜻은 아니다. 그의 시에서도 시인이 시의 안에서 자신의 행위나 진술을 직접 드러내는 시점을 취하고 있는 예를 더러는 살펴볼 수 있기 때문이다.

다음의 예는 선불교(禪佛敎)적 교양과 함께하고 있는 그의 시 「세 근—마삼근」의 전문이다.

> 미루고 미루다가 12월 막달에 건강 검진을 받으러 갔습니다 아침밥을 굶은 데다 한파주의보라 겹겹이 껴입고 몸무게를 재려니 안 그래도 오래오래 연금을 타 먹으려면 운동 좀 하라고 성화인 아내에게 한마디 들을 것이 걱정이었지요
>
> 겹겹이 입은 옷을 모두 벗어 의자 위에 올려놓으면 무게가 족히 세 근斤은 되겠습니다 모자를 벗어 그 위에 올려놓으니 영락없이 중노인 앉아 있는 듯, 옷을 벗어놓고 오들오들 떨고 있는데

무엇이 그리 좋은지 웃고 있는 중노인
벗어 놓은 옷이 족히 세 근은 되겠습니다

이 시는 "미루고 미루다가 12월 막달에 건강 검진을 받으러 갔"던 시인 자신의 체험을 진술하고 있다. 이 시에서 시인은 "겹겹이 껴입고" 있던 옷을 벗고 "몸무게를 재려"다 보니 벗은 옷의 "무게가 족히 세 근斤은" 될 것 같다는 느낌을 서술한다. 이와 더불어 그는 예의 느낌으로부터 그가 선가(禪家)의 화두인 '마삼근(麻三斤)'을 상상한다. 이 시의 제목 '세 근'의 부제가 '마삼근麻三斤'이라는 것을 주목할 필요가 있다.

선불교의 이 공안은 어떤 납자가 선사 동산수초(洞山守初)에게 "여하시불如何是佛"(어떤 것이 부처입니까)하고 물으니 '마삼근麻三斤'이라고 대답했다는 데서 기인한다. 예의 공안과 함께 다시 읽으면 이 시는 시인이 "몸무게를 재려"고 벗어놓은 옷 무더기에서 부처님의 모습을 발견했던 경험을 직접적으로 진술한 것이 된다. 벗어놓은 옷 무더기로부터 "영락없이 중노인 앉아 있는" 모습을 깨닫고 있는 것이 이 시라는 것이다.

이 시는 이처럼 병원에 건강검진을 받으러 갔다가 겪은 경험을 시인 자신의 목소리로 서술하고 있다. 따라서 이 시에는 시인 자신이 겪은 경험에 따른 감정이 있는 그대로 드러나게 된다. 하지만 시인이 저 자신의 경험에 따른 감정을 직접적으로 진술하고 있는 그의 시는 별로 많지 않다. 「배경」, 「점 빼고 온 날」, 「말」 등의 시를 겨우 찾아볼 수 있을 정도이다. 그렇다. 이처럼 진술의 기술 방식을 취하고 있는 시는 그의 시의 주류가 아니다. 거개의 그의 시는 시의 밖에서 객관적 이미지를 투사하거나 뒤얽는 방식을 취하고 있기 때문이다.

이들 방식을 취하고 있다는 것은 시인이 저 자신의 시 세계에 개입해 일정한 주장을 펼치지 않는다는 것을 뜻한다. 말은 하되, 그 말에 시인의 주장을 담지는 않는다는 얘기이다. 막연한 상념을 직접적으로 진술하는 방식의 그의 시를 찾아보기 어려운 까닭이 바로 여기에 있다. 말하자면 객체 중심, 타자 중심, 사물 중심의 눈을 잃지 않고 있는 것이 그의 시라는 것이다.

빨랫줄에 걸어놓은 무청 시래기
얼었다 녹기를 거듭했다
우수경칩 지나도
걷어가는 사람 아무도 없었다

할머니는 요양원으로 죽으러 갔다 까무러칠 때마다 한걸음에 달려왔던 자식들, 할머니가 눈을 뜨자 다시 돌아가고

이젠 까무러칠 힘도 남지 않았다

줄기만 남은 무청 시래기,

웬만한 추위에는 얼지않았다
얼어붙을 물기도 남지 않았다
이슬이 사라지기 전에
추슬러 끈으로 묶어두지 않으면
바스락, 부스러질 것이다

바람도 걷어가지 않는,

—「풍장風葬」 전문

이 시의 제목은 「풍장」이지만 '풍장' 자체를 노래하고 있지는 않다. "빨랫줄에 걸어놓은 무청 시래기"와 요양원으로 죽으러 간 할머니를 뒤섞어 제시하면서 에둘러 풍장을 말하고 있는 것이 이 시이다. 두 개의 이미지를 동시에 투사하는 가운데 우회적으로 풍장을 연상시키는 것이 이 시라는 것이다. 물론 이때의 두 개의 이미지는 두 개의 장면이기도 하다. 물론 그것은 "얼었다 녹기를 거듭"하는 "빨랫줄에 걸어놓은 무청 시래기"와, 이제는 "까무러칠 힘도 없"는 요양원으로 죽으러 간 할머니가 만드는 각각의 장면을 가리킨다.

이들 장면은 '무청 시래기'라는 사물과 '죽으러 간 할머니'

라는 사람이 대조, 비교되는 가운데 구체화된다. 사물과 사람이 대조, 비교되면서 바람에 말라가는 공통점을 중심으로 '풍장'이라는 주제가 에둘러 드러나고 있는 것이다. 따라서 이 시에는 시인의 목소리로 이루어지는 주장이나 주의가 끼어들 틈이 없다. 객관적인 풍경을 투사하는 것만으로 시인의 의도를 구현하고 있는 것이 이 시이기 때문이다. 이른바 '풍경의 선택이 세계관의 선택'이라는 명제가 구체적으로 실현되고 있는 것이 이 시인 셈이다.

이처럼 그의 시에는 시인이 시의 내부에 존재하는 경우가 드물다. 시인이 시의 밖에서 관찰자로, 의미 발견자로 존재하는 경우가 대부분이라는 것이다. 이러한 점에서 보더라도 그의 시는 사사물물(事事物物)의 존재를 주관의 개입 없이 있는 그대로 투사하는 방식으로 창작된다. 주체보다는 객체의 눈으로, 나아가 사물의 눈과 사물 주체의 시각으로 기술되는 것이 그의 시라는 것이다.

3

문학을 문학답게 하는 것을 문학성이라고 한다. 문학성의 다른 이름은 예술성이다. 이때의 문학성, 예술성을 가리켜 형상성이라고도 한다. 진영대의 시 역시 예의 형상성을 획득하기 위한 방법적 자각과 함께하고 있다. 서정시의 심미적 특징인 형상성을 확보하기 위한 기법적 자각에 충실한 것이 그의 시라는 것이다.

형상성을 획득하기 위해서는 시 창작 과정에 이미지, 이야기, 정서에 주목하지 않을 수 없다. 이미지, 이야기, 정서를 두고 형상의 3요소라고 하거니와, 이들 중 그의 시는 이미지와 이야기의 확보에 좀 더 주력하고 있다. 이들 형상의 3요소 중 이미지는 상대적으로 객관적인 것이고, 정서는 상대적으로 주관적인 것이라고 할 수 있다. 그에 비해 이야기는 상대적으로 중도적인 것이라고 할 수 있으리라.

시에서 이미지는 장면으로 확장되기 쉽고, 풍경으로 심화되기 쉽다. 그뿐만 아니라 이미지는 시의 사물성을 강화하는 데 기여한다. 그런가 하면 이야기는 시의 경험성을 강화하는 데, 정서는 시의 낭만성을 강화하는 데 기여한다.

앞에서 말했듯이 진영대의 시는 주체보다는 객체의 눈을 갖고 있다. 상대적으로 사물의 눈과 사물 주체의 시각을 취하고 있는 것이 그의 시라는 얘기이다. 이러한 지적은 그의 시가 사물성을 강화하는 이미지를, 경험성을 강화하는 이야기를 토대로 하고 있다는 뜻이 되기도 하다. 물론 사물성과 경험성을 토대로 하는 시, 곧 이미지와 이야기를 질료로 하는 시는 대체로 리얼리즘의 경향을 보여준다. 이처럼 진영대의 시는 나보다는 남을, 주체보다는 객체를 중심으로 형상화되는 특징을 갖는다.

이로 미루어 보면 그의 시의 기법적 자각은 '나는 남이다', '나는 타자다' 등의 세계관 함께하고 있다고 해야 옳다. '나' 보다는 '너' 중심의 가치관에 기초해 있는 것이 그의 시의 기법적 자각이라는 것이다. 이때의 '너'가 '남'으로, '타자'로 확산되어 가리라는 것은 불문가지이다.

그의 시에서는 여기서 말하는 남이나 타자가 사물이나 사람의 형상을 취할 때가 많다. 그의 시에서도 사물은 이미지의 모습으로 구체화되기 일쑤이고, 사람은 이야기의 모습으로 구체화되기 일쑤이다. 실제로는 사물과 사람의 형상이, 곧 이미지와 이야기가 뒤섞여 있는 그의 시도 허다하지만 말이다.

물론 그의 시에는 예의 형상의 3요소 중 이미지가 전경화되어 있는 예가 많다. 이야기보다는 이미지가 전면에 드러나 있는 예를 좀 더 많다는 뜻이다. 이때의 이미지 또한 각각 뒤섞여 있거나 상호 대조, 비교되어 있는 예가 상당하지만 말이다.

한겨울에도 우는 귀뚜라미가 있었다

연기가 수직으로 피어오를 동안 연통 주변의 눈은 내리는 족족 녹았다 불기운이 식으면 연통을 통과하지 못한 연기는 연통 속을 막아 놓았다 귀뚜라미보일러는 숨이 막혀 죽을 듯이 울었다

사람의 온기는 방바닥보다 빠르게 식었다
눈은 내리는 족족 지붕 위에 쌓였다

밤을 새워 울음 동냥 해주려고

귀뚜라미가 울었다

—「울음 동냥」 전문

이 시는 제목이 「울음 동냥」이지만 '울음 동냥'보다는 귀뚜라미와 귀뚜라미 보일러라는 서로 다른 청각적 이미지가 동시에 투사되는 데서 비롯되는 심미적 효과에 초점이 있다. 귀뚜라미와 귀뚜라미보일러라는 이미지에서 생성되는 음상의 심미적 효과 말이다. 이들 음상의 청각적 효과로부터 비롯되는 이미지의 착종이 불러일으키는 말맛에 초점이 있는 것이 이 시라는 것이다. 서두에서는 귀뚜라미와 귀뚜라미보일러가 각기 다른 두 개의 이미지로 호출되지만 말미에 이르면 귀뚜라미 보일러라는 하나의 이미지로 수렴되는데, 그 과정에 생성되는 상상력의 재미도 쏠쏠한 것이 이 시이다.

이처럼 진영대의 시에는 두 개의 이미지가 대조, 비교되는 가운데, 곧 뒤섞이거나 겹쳐 짜지는 가운데 전개되는 예가 적잖다. 물론 이에는 그의 심미적 의도가 깊이 개입되어 있다고 해야 옳다. 이미지를 뒤섞거나 겹쳐 짜는 그의 시의 예는 붓의 이미지와 붓꽃의 이미지를 뒤섞고 있는 「붓꽃」 등 여러 시에서 확인이 된다.

이미지나 장면, 풍경은 자신의 내부에 이야기를, 나아가

의미를 거느리기 마련이다. 객관적 대상이 이미지나 장면, 풍경의 형태로 투사되더라도 그것이 이야기를, 나아가 의미를 만들기도 한다는 것이다. 물론 이때 의미를 생산하는 새로운 이미지나 장면, 풍경은 이른바 의도된 오독과도 무관하지 않다. 여기서 말하는 의도된 오독은 비약적 상상력의 실현을 듯할 수도 있다. 다음의 시가 그 대표적인 예이다.

> 중천에 박아 놓은
> 두툼한 조선낫 하나
>
> 낫달을
> 낫달이라고 읽는다
>
> 집 나간 제 계집을 찾아
>
> 잘 벼린 조선낫 하나 둘러메고
> 천지 사방 떠돌던 사내가
>
> 소맛간 초가지붕에
> 꽂아두고 간,

—「낫달」 전문

이 시는 낡고 오래된 소재를 매개로 하고 있다. '조선낫',

'낮달', '제 계집', '사내', '소맛간(뒷간, 변소의 방언)', '초가지붕' 등이 바로 그것이다. 이들 이미지는 지난 1960년대~1970년대의 농촌에서나 경험할 수 있었던 것인 만큼 낡고 오래된 소재라고 하지 않을 수 없다. 이들 소재를 바탕으로 그가 시를 쓴다는 것은 적잖은 생각을 하게 한다. 시적 상상력 역시 시인이 살고 있는 사회적 여과체 안에 존재하기 때문이다.

상상력의 다른 이름이 이미지 사유라는 것은 주지하는 바이다. 그렇다면 이미지 사유가 시인의 체험과 함께할 수밖에 없다는 점을 염두에 두지 않을 수 없다. 2020년대 도시에서 살고 있는 독자에게는 낯선 것일 수도 있지만 1960년대~1970년대 농촌에서 살았던 독자에게는 익숙한 것이 예의 소재라는 점을 잊어서는 안 된다.

이 시는 낮달이 "중천에 박아 놓은/두툼한 조선낫 하나"로 발상되면서 시작된다. 예의 발상은 수사학적으로 보면 은유이지만 창작의 과정으로 보면 착시(錯視)라고 할 수 있다. 하늘의 낮달을 조선낫으로 잘못 본 것이라는 얘기인데, 이는 "낮달을/낫달이라고 읽는" 것에 의해서도 확인된다. 이들 착시와 착독(錯讀)이 만드는 은유를 통해 시인은 여기서 1960년대~1970년대의 농촌에서 흔히 볼 수 있던 슬픈 이야기를 떠올린다. "집 나간 제 계집을 찾아//잘 벼린 조선낫 하나 둘러메고/천지 사방 떠돌던 사내"의 이야기 말이다. 이때의 이야기에 이농(離農)이 점층되던 1960년대~1970년대 농민들의 슬픔이 잘 압축되어 있다는 것은 불문가지이다.

이 시에서처럼 이미지나 장면, 풍경이 강화되어 있는 시는 시인의 감정이 잘 절제되어 있다는 점에서도 심미적으로 유효하다. 물론 이는 사물이 객관적으로 투사되어 있는 시의 예에서도 마찬가지이다. 하지만 시에 이들 자질을 강화시키다가 보면 정서와 함께하는 리듬을 잃기 쉽다. 하지만 그의 시에서는 이러한 맥락에서 확인할 수 있는 리듬이 강화되어 있는 시도 찾아볼 수 있다.

댕댕이 반짇고리
주먹 실타래

한 뼘 탯줄을 둘둘 감아
황급히 치마 속에 집어넣고
난리 통에 삼박골로 피난 간 어머니
남의 집 아랫목에다 낳은 것이
하필 또 딸이라,
발길로 핏덩어리를 윗목에 밀어 두었다
울음소리 들리지 않자 아니다 싶어
탯줄을 다시 끌어당겨
이빨로 끊어 둘둘 말아 놓았던,

댕댕이 반짇고리
명주 실타래

—「주먹 실타래」 전문

이 시 역시 오래된 경험을 소재로 삼고 있다. 오늘날 '댕댕이 반짇고리', '주먹 실타래', '명주 실타래', '탯줄', '아랫목' 등의 사물을 명확한 이미지로 떠올릴 수 있는 독자는 많지 않다. 젊은 독자들에게는 지나치게 낯설어 오히려 새로울 수도 있는 것이 이들 이미지이다. 하지만 "댕댕이 반짇고리/주먹 실타래//한 뼘 탯줄을 둘둘 감아/황급히 치마 속에 집어넣고/난리 통에 삼박골로 피난 간 어머니" 등의 구절에서 음상의 즐거움을 느낄 수 있는 독자는 적잖으리라. 이처럼 예의 이미지들은 이 시에서 지나치게 낯익어 오히려 새로운 리듬을 생산하고 있어 주목이 된다.

물론 이 시가 독특한 리듬의 생산에만 목표를 두고 있는 것은 아니다. 2연의 작은 이야기를 통해 6·25 전쟁의 비극을 노래하는 한편 과도한 남아 선호 사상에 대해서도 비판하고 있기 때문이다. "남의 집 아랫목에다 낳은 것이/하필 또 딸이라,/발길로 핏덩어리를 윗목에 밀어 두었"던 슬픔 또한 이 시의 중요한 내용이라는 것이다.

진영대의 시 중에는 이미지보다 이야기가 전경화되어 있는 예도 적잖다. 물론 이때의 이야기는 이미지의 뒷받침을 통해 구체성을 확보한다. 이를테면 섬세한 세부 묘사를 통해 이야기의 구체성을 구현하고 있는 것이 그의 이들 시이다. 여기서 말하는 이야기의 구체성이 사람 살이의 생생한 체험에 기초하리라는 것은 자명하다.

막냇동생은 열 살에 죽었다
아버지가 업고 가서 강기슭에 묻어놓고
고운 모래를
무덤 위에 골고루 얹어 주었다

민물조개들이
제 몸을 끌고 지나온 자국,
강물 속까지 길게 이어져 있었다

모래를 한 삽 떠서
시퍼런 강물에 흘려보내면
죽은 조개껍질이 빈 배처럼 떠내려갔다

아버지와 함께
삽을 끌고 집으로 가는 길
도마뱀이 꼬리를 끌고 다닌
흔적이 길게 이어져 있었다

—「모래 무덤」 전문

이 시는 열 살에 죽은 "막냇동생"을 강가의 모래 속에 매장했던 체험을 소재로 하고 있다. "막냇동생"을 "아버지가 업고 가서 강기슭에 묻"었던 슬픈 체험 말이다. 물론 이 시가 보여주는 예의 이야기는 시인이 직접 겪은 체험을 바탕으로 하고 있다. 하지만 이 시의 형상은 그날의 체험이 만드는 이야기만이 아니라 이야기와 함께 한 강가의 풍경 또한 중요한 자질로 작용한다. "민물조개들이/제 몸을 끌고 지나온 자국,/강물 속까지 길게 이어져 있었다//모래를 한 삽 떠서/시퍼런 강물에 흘려보내면/죽은 조개껍질이 빈 배처럼 떠내려갔다" 등의 구절이 만드는 풍경 말이다.

4

시적 형상의 중요 자질인 이야기는 이미지에 의해 뒷받침되면서 구체성을 확보하기 마련이다. 그것이 예술의 운명적 속성인 사물성을 견인하거니와, 진영대의 시는 바로 그러한 점에서도 주목이 된다. 이러한 논의는 그의 시가 사물 주체와 사물의 눈에 의해 창작되고 있다는 것을 징험해 준다. 사물의 입장을 취하고 있는 것이, 사물의 눈으로 존재를 파악하고 있는 것이 그의 시라는 얘기이다. 그렇다. 그의 시는 거개가 나보다는 남, 사람보다는 사물의 시각을 취한다. 이는 대부분의 그의 시가 주체 주어가 아니라 객체 주어, 그러니까 타자 주어, 나아가 사물 주어를 취하고 있다는 뜻이 되기도 한다. 이러한 시각을 취하는 그의 시에서 시인 자신이 주어로 등장하는 예는 없다. 사물이 주어가 되지 못하면 객관적 대상이 행위의 주체로 서술되는 것이 그의 시의 일반적인 서술 방식이다.

마당개는 종일, 지붕을 올려다본다
처마 끝 쇠줄에 매달린 물고기,
그 올무 끊어달라고 몸부림칠때마다
컹컹 짖어댄다

똥을 누면서도 그새
물고기가 풍경 줄을 끊고 도망갈까 봐
힘 한번 맘껏 주지 못한다

자유를 달라고
쇠 종을 들이받는 물고기
언제 도망갈지 몰라
종일 지붕을 올려다보는 마당개

물고기를 향해 뛰어오를 때
그 힘으로
땡감 하나 툭, 바닥으로 떨어지고
제 목줄에 조여
짖어봐야 아무도 듣지 못한다

—「올무」 전문

이 시는 4연의 형식을 취하고 있다. 1연의 주어는 "처마끝 쇠줄에 매달린 물고기"이다. 이때의 물고기는 1연 2번째 문장의 서술어 "컹컹 짖어댄다"를 이끌기도 한다. 이는 3연의 주어를 불러오기 위한 수사적 장치이기도 하다. 3연의 주어는 "자유를 달라고/쇠 종을 들이받는 물고기"다. 이처럼 그의 시는 거개가 대상 중심의 시각, 나아가 대상의 행위를 서술하는 시점을 취한다. 물론 이는 자아 중심의 세계관이 아니라 타자 중심의 세계관을 반영한다. 그의 시에 드러나 있는 타자 중심의 세계관에는 불교에서 말하는 무자기(無自己), 무자성(無自性) 등의 진리가 담겨 있기도 하다. 이러한 면에도 시인 자신의 의도나 기획이 작동하고 있다는 것이다.

이처럼 그의 시의 서술 중심을 이루는 대상은 사물일 경우가 많다. 그뿐만 아니라 그것의 대부분은 비유나 상징의 원관념으로 존재한다. 위 시에서의 '마당개'가 어리석은 사람 일반을 가리키는 것이 그 예이다. "모래톱으로 밀려 나온/소라껍데기"에서 "아버지"(「아버지」)를 떠올리는 것도, 이장을 하기 위해 열어본 봉분에서 발견한 "녹슨 금가락지"(「금가락지」)에서 어머니를 떠올리는 것도 마찬가지의 예이다. "고욤나무"에서 "철퍼덕 주저앉아"(「다문화 가족」) 아이에게 "젖을 물려주고 있"는 다문화 가족을 떠올리는 것도 동일한 비유이다.

이처럼 그의 시는 유추적 이미지의 전개를 통해 형상을

창출할 때가 많다. 이들 시에 드러나 있는 상상력은 이미지가 중심이 되는 만큼 점진적 논리를 갖추지 않는다. 부지불식간에 낯선 이미지가 종횡으로 투사되는 만큼 비약과 초월이 채택되고 있는 것이 그의 시라고 할 수 있다. 따라서 이들 이미지의 투사가 과도하게 전개되어 질서를 잃게 되면 독자 일반은 그것을 따라잡기가 힘들 수밖에 없다. 새삼스러운 얘기이지만 진영대의 시 중에는 이미지가 지나치게 섬세하게 투사되어 독자의 상상력이 따라잡지 못하는 경우도 없지 않다. 더러는 에둘러 말하는 정도가 지나쳐 독자가 그것을 미처 소화하지 못하는 시도 없지 않다.

이번 시집에서 시인 진영대는 사람과 관련해서도 매우 섬세하고 아름다운 형상을 보여준다. 이때의 사람도 시인 자신이 직접적인 서술의 주체로 등장하는 경우는 매우 드물다. 시인 자신은 아니지만 그와 가까운 가족이나 인척 등이 그의 시의 대상이나 서술의 주체로 등장하는 경우는 많다. 진영대 시인 또한 가까이 존재하는 가족이나 인척을 시의 대상으로 노래하는 경우가 상당하다는 것이다. 제4부에 집중적으로 수록되어 있는 시가 그렇거니와, 아버지를 노래한 「앉은 자리」, 「억새꽃」, 「아버지」, 어머니를 노래한 「별 망태기」, 할머니를 노래한 「까치밥」, 아내를 노래한 「점 빼고 온 날」, 「운지법」, 장모님을 노래한 「검은 콩, 흰 콩」, 손녀를 노래한 「공갈 젖꼭지」, 손주를 노래한 「말」 등의 시가 그 예이다. 아버지를 노래한 그의 좋은 시 한 편을 공유하며 여기서

글을 맺기로 한다.

장식장 위에 올려놓은 늙은 호박
들어보니,
밑동이 썩었다
눈에 잘 보이는 곳은 멀쩡한데
앉은 자리가 거뭇거뭇하다
그 자리에서
호박씨 한 됫박 쏟아놓고
썩어가는 것을 아무도 몰랐다

똥 한 바가지 싸놓고서
아무렇지 않게 웃고 계신 아버지
자리를 옮기면 썩는다고
앉은 자리
손도 못 대게 했다

—「앉은 자리」 전문

시인의 말

손바닥에 무엇인가 기어갔다 스멀스멀, 모르는 애벌레인 듯 내 손 아니라고 손사래를 치다 아차 싶었다 이 세상 말 아직 배우지 못한 아홉 달 손녀, 제가 왔던 세상의 말로 꼬물꼬물 뭔가를 쓰고 있었다 나는 '사랑해'라고 손녀의 손바닥에 써서 쥐여 주었다 이 세상 말 다 배우면 펴보라고 두 손으로 감싸 주었다

졸시 「말」의 전문입니다.

2022년 봄꽃을 기다리며, 진영대

실천문학 시인선 051

당신을 열어 보았다

2022년 3월 31일 1판 1쇄 인쇄
2022년 3월 31일 1판 1쇄 펴냄

지은이 진영대
펴낸이 윤한룡
편집 박은영
디자인 윤려하
관리·영업 이소연

펴낸곳 (주)실천문학
등록 10-1221호(1995.10.26)
주소 남양주시 퇴계원읍 퇴계원로 52 405호
전화 02-322-2161~3
팩스 02-322-2166
홈페이지 www.silcheon.com

ISBN 978-89-392-3101-6 03810